ROSEN AM WEG

Gelbe Strauchrose 1997, 32 x 41 cm

Rosen am Weg

Texte von
Gisela Munz-Schmidt

Aquarelle von
Sibylle Buderath

STADLER

Verlag Stadler

Grund

Damit das Schöne nicht verloren gehe,
damit das Zarte nicht der Sturm verwehe,
damit die Rose weiter blühe,
damit in Dunkelheit ein Licht erglühe,
damit das Wunder nicht zerbricht,
darum sage ich mein Gedicht.

Rosengedicht 1994, 36 x 48 cm

Im Sommer

Vielleicht
ist es das bisschen Ewigkeit,
das zwischen weichen Blütenblättern liegt.

Vielleicht
der Tau, der Regen und die Luft,
die sich an roter Nähe wiegt.

Vielleicht
der Hauch, der Dunst, der Duft,
der sich an Kelch und Krone schmiegt.

Wie eine schöne Rose blüht,
vielleicht fühlt so ein Vogel,
der im ersten hohen Sommer fliegt.

Rosenstrauch 1995, 36 x 48 cm

Zauber

Eine Zauberin ist sie, die Rose,

wie die Harmonie,
wie die Poesie,
wie die rote Magie –

weil sie um den Kreis weiß.

Brunnen in Saignon, Provence 1995, 41 x 32 cm

Kreislauf

Blüte, Frucht,
Anfang und Ende,
Wachstum, Reifung,
Wandel, Wende,
das Vergehende,
das Entstehende –
ja, ich lerne und ich weiß:
wie die Rosen leben wir im Kreis.

Herbstlicher Rosenstrauß 1992, 36 x 48 cm

Erkenntnis

Doch wie verstehe ich
die eine Rose?

Sie liebt die Sonne
und den Wind.
Ist ihre Königin
und ist ihr Kind.

Und sie sagt mehr
als Worte.

Gloria Dei 1997, 41 x 32 cm

Von was Dornröschen
nun eigentlich wirklich
gestochen wurde,
so dass alle Rosenhecken wuchsen?

Geweckt wurde sie
durch einen Kuss.

Rosen am Weg 1994, 22,5 x 30,5 cm

1994

Wie die Rosen

Ich wollte einmal mich wie sie verschwenden,
wie sie erblühen, aufgehn und so wie sie enden
in Überfülle und im Wegelosen:
Und jeden Tag und alle Nacht erleben wie die Rosen.

Rosenzauber 1996, 41 x 32 cm

Verständigung

Wenn nur die Blütenblätter
lächeln könnten.
Wenn nur die Staubgefäße einmal flüsterten,
ganz leise,
kaum hörbar,
aber einfach wie
schwarz auf weiß,
so dass alles Rätseln
ein Ende fände,
das wäre schön.

Wäre das schön?

Windrush, Englische Rose 1997, 32 x 41 cm

Frieden

Als vor Jahren
ein guter Freund den Garten neu anlegte
und mich fragte,
welche Blume er denn solle pflanzen,
und schwer mir war die Wahl,
da fiel mir ein,
dass einmal eine Frau erzählte,
wie sie des Nachts
bei klarem Himmel
unzählige Sterne sah
auf einem Hügel liegend
und unter ihr die Stadt der Städte,
die in sich
birgt und trägt und hält
die Heiligtümer
unserer Welt,
da wusst' ich:
Eine Rose.

Sie heißt Shalom,
ist rot und schön,
und hat den Namen,
der uns Menschen
fehlt.

Rosentraum 1996, 32 x 41 cm

Rosen im Sommer

Wenn die Rosen im Sommer
nur tagsüber blühten,
rechtfertigten sie sich damit schon,
und es wäre genug.

Aber sie stehen auf in der Nacht,
legen ihren Duft auf meine Haut,
verströmen ihre Farbe in mein Blut,
pressen ihre Lust auf meinen Mund,
senken sich in mein Sonnengeflecht,
drücken sich aus und ein,
wirken wie Rausch und wie Ruh'.

Es sind die Rosen wie du.

Rosenzweig 1995, 36 x 48 cm

Träumen und leben

Träum dich ein in goldene gelbe Rosen.
Träum dich aus.

Leb dich ein in einen Menschen.
Leb dich aus.

Golden Wings 1997, 32 x 41 cm

Einzigartigkeit

Siehst du es?
Weißt du es nicht?

Es hat eine jede den eigenen Duft,
jede ihr eignes Gesicht.

Blumenfrau 1993, 11,5 x 16,5 cm

Zuneigung

Ich mag das Veilchen in dem Moose,
ich mag die helle Herbstzeitlose,
ich mag die violette Skabiose,
die kleine Tulpe mag ich wie die große,
doch mehr als alle diese
liebe ich die Rose.

Wunsch

Die Ruhe der Rose wünsche ich mir.
Ihren sicheren Blütenboden verborgen im Innern.
Meinen Worten die Anmut ihrer Blätter.
Meinen Gedanken ihre Farbe.
Meinem Dasein ihren Duft.

Rosen bauen Brücken,
trocknen Tränen,
bitten um Verzeihung,

sie lächeln und lachen
für dich.

Rosenbouquet 1994, 30 x 40 cm

Botschaft

Die Rose offenbart,
was ich dir sagen will.
Was ich mit Worten hilflos such',
spricht sie vollendet aus
und still.

Rosenstrauß 1996, 32 x 41 cm

Schönheit

Es strömt Schönheit
aus den Blüten der Reinen
und formt das Licht,
das die Knospe verwahrt,

hüllt in Hauch und Seide
unendlich und zart
goldene feine Fäden der einen
wie auch geheimer anderer Art.

Rosenblüten 1993, 36 x 48 cm

Vergleich

In den Rosenfeldern
ging ich die Reihen entlang,
die beste suchend,
die reizendste,
und wog die Blüten,
prüfte den Duft
und verglich.
Ich konnt' sie nicht finden.

Verwirrt und traurig
lief ich nach Hause
und sah die Vertraute
im Garten blühen.

Mag sein die Schönste
ist sie nicht,
aber die Liebste
doch wohl.

Dorf im Blütenmeer 1991, 30 x 40 cm

Rosensonett

Ich sah die offene Blütenschale
an einem schönen Tag im Morgenglanz.
O könnte ich sie halten: ewig, fest und ganz!
Ich wünschte mir, dass eine Malerin sie male.

Ein Schimmer spielte über die Rose hin.
Sie schien mir zuzuflüstern: »Lass mich doch lebendig!
Das Glück des Augenblicks ist unbeständig,
lass mich so, wie ich heute bin.«

Und doch, mir ist, als ob ich sie in Bildern wiederfände.
Es kann die Rose weiter leben,
und niemals wird sie alt.

Sie lebt im Wesen und in der Gestalt,
denn sie hat ihre Seele in die Hände
der Malerin gegeben.

Daisy Hill 1997, 41 x 32 cm

Das Lied der Rosen

Bausch deinen Traum im hohen Bogen.
Tausch deinen Alltag gegen diesen Rosen-Rausch.
Als kämen wundersame Töne hergeflogen . . .
Hör ihre Melodie und lausch . . .

Teerosen 1994, 32 x 41 cm

Im Garten

In meinem Garten,
vor dem alten Buchs,
steht eine Rose,
deren Wuchs
wie Tanzen ist.

Die Blüten helles Lachs,
von zartem Schmelz und sanftem Wachs.
Das ist die Rose,
die sich früh erinnert
und die sich später nie vergisst.

Wildrosen 1996, 32 x 41 cm

Rosenleben

Fremden Wollens Wille.
Vollen Lebens Fülle.
Klang und Sang und Stille.
Eigener Träume Hülle.

Rosenfülle 1997, 36 x 48 cm

Wege

Wenn wir Wege
mit Rosen säumen,
füllen wir Räume
mit Träumen.

Rosenhecke 1997, 32 x 41 cm

Die Rose ist die Blume und das Zeichen.
Sie trägt die harten Dornen
und die weichen Blüten
und die reichen Samen weiter,
und es gibt Menschen,
die der Rose gleichen.

Erklärung

Auch du und ich
können durch Rosen hier
erläutert werden.

In welchen Himmeln,
welchen Erden
wurzeln denn wir?

Und wo blüht unsere Mitte?

Die Weisheit und die Liebe sind zwei.
Die Rose ist immer das Dritte.

Blütenzauber 1991, 30 x 40 cm

Verbundenheit

Nein, ich bin nicht allein.
Bei mir ist dieses andere Sein,
in dem ich mit erblasse, mit erglühe.

Ich lebe und ich lass mich ein.
Mir ist, als ob ich manchmal welke.
Doch immer wieder auch, als ob ich neu erblühe.

Duftiger Rosenstrauß 1996, 32 x 41 cm

So will ich leben

Und was ich letztlich will?
Die Achtsamkeit der Rose.
Ihre Haltung ohne Pose.

Wie die Rose will ich mich entfalten,
Blatt um Blatt mich umgestalten,
in den Ablauf der Natur mich einbegeben
in Würde. Ja. So will ich leben.

Wildrosen auf der Mainau 1995, 32 x 41 cm

Fruchtbarkeit

Genieße des Frühlings
heiteres Spiel.
Doch bleibt die Frucht
einer Blüte Ziel.

Rosenblüte und Frucht 1990, 30 x 40 cm

Rosen am Weg

Das Zarte wahrnehmen,
es zärtlich berühren.

Die Fülle fühlen
und damit weitergehen.

Die Rosen, die am Wege stehen,
sind Pforten und offene Türen.

Eingang bei Siena 1997, 48 x 36 cm

Die Autorin
Gisela Munz-Schmidt

Geboren 1947 in Neckarsulm, aufgewachsen in Heilbronn.
Ihr Abitur machte sie 1966 (Scheffelpreis).
Nach dem Studium in Heidelberg unterrichtete sie Deutsch und Englisch an den Gymnasien Wertheim und Sandhausen.
Gisela Munz-Schmidt ist verheiratet und hat zwei Kinder. Sie lebt seit 1984 in Owingen/Bodenseekreis.
Nach Beurlaubung und ehrenamtlichem Engagement im Umwelt- und Naturschutz und in der Kommunalpolitik arbeitet sie seit 1993 als Lehrerin am Gymnasium Pfullendorf.
Seit 1987 schreibt sie Gedichte, Kurzprosa und Kindertexte. Ihre ersten Veröffentlichungen erschienen 1988.
Von sich selbst sagt sie; »Ich schreibe, damit ich verstehe und dass ich bleibe.«

Die Malerin
Sibylle Buderath

Geboren 1948 in Herford/Westfalen.
Aufgewachsen in einem kunstorientierten Elternhaus. Abitur.
Lebensstationen waren unter anderem in Herrenberg und Buchholz in der Nordheide. Sibylle Buderath hat einen erwachsenen Sohn und lebt seit 1992 in Heiligenberg/Bodenseekreis. Auf ihren Reisen, die sie auch häufig ins Ausland führen, findet sie schöpferische Anregungen.
Seit 1987 malt sie Aquarelle, und seit 1990 veröffentlicht sie in verschiedenen Kalender- und Kunstkarten-Verlagen.
Ihre Bilder sind auf zahlreichen Ausstellungen zu sehen.
1992 erhielt Sibylle Buderath den Kunstpreis der Stadt Herrenberg.
Über sich selbst sagt sie: »Ich liebe Natur und Harmonie und finde so Inspirationen und Motive.«

Verlag und Vertrieb:
Stadler Verlagsgesellschaft mbH 1997
78467 Konstanz, Max-Stromeyer-Str. 172

Gestaltung: Barbara Müller-Wiesinger

ISBN 3-7977-0383-X

In dieser Reihe sind erschienen:
Wege zum See
Blumen am Weg
Bäume am Weg
Rosen am Weg

Abbildungen auf dem Umschlag
Vorderseite:
Rosen am Weg 1994, 22,5 x 30,5 cm
Rückseite:
Rosentraum 1996, 32 x 41 cm

Abbildung auf Seite 48/49:
Heckenrosen 1990, 30 x 40 cm